Les Perses

FichesdeLecture.com

**LES PERSES
(FICHE DE LECTURE)**   **4**

I. BIOGRAPHIE

II. RÉSUMÉ

III. LE CONTEXTE

IV. ANALYSE THÉMATIQUE

V. LE STYLE

DANS LA MÊME COLLECTION EN NUMÉRIQUE   **8**

À PROPOS DE LA COLLECTION   **11**

Les Perses
(Fiche de lecture)

I. BIOGRAPHIE

Eschyle est né en 524 av.JC à Eleusis près d'Athènes et était descendant d'une famille de notables. S'il a été un grand poète tragique, il n'en demeure pas moins qu'il a participé à deux très grandes batailles. À celle de Marathon d'abord, en 490 av. J.-C., et à celle de Salamine en 480 av. J.-C. Ces deux batailles ont été essentielles pour la Grèce. À la différence de Sophocle, qui sera un personnage public important, Eschyle ne s'occupera quasiment pas de la vie de la cité. Il a connu un très grand succès de son vivant et fréquentera de nombreuses cours de son époque. Malheureusement, la plupart de ses œuvres ne sont pas parvenues jusqu'à nous. Il en aurait écrit plus de quatre-vingt-dix et nous n'en possédons que sept !... Eschyle meurt en 456 av. J.-C. à Gela

II. RÉSUMÉ

Nous sommes à la cour de Perse et les plus grands notables sont rassemblés. Xerxès est parti avec la plus grande armée que la Perse n'a jamais levée. Tous les peuples de l'empire ont fourni leurs contingents et sont dirigés par les meilleurs chefs. Ils se sont portés vers la mer avec plus de mille navires !... Jamais personne n'a vu une telle armée !... Le but est d'envahir la Grèce, de venger la défaite subie à Marathon dix années plus tôt par Darius. Un messager est attendu dans la plus grande impatience. Même la reine, mère de Xerxès, est sortie de ses appartements et écoute ses notables. Aussi importante que soit l'armée envoyée, elle craint.

Arrive enfin le messager, mais les nouvelles sont catastrophiques ! L'armée tout entière a été défaite par les Grecs à Salamine. Elle a été victime d'un terrible piège et n'a même pas pu combattre. À quoi servait le nombre, à quoi servaient le courage fou des hommes et des chefs, les boucliers d'or et les vaisseaux en grand nombre ? Ils ont été écrasés sans même pouvoir se défendre, ils ont été victimes d'un terrible piège monté par les Grecs. Quel drame pour les femmes et les enfants de l'empire, combien d'années faudra-t-il pour reconstituer une nouvelle armée ?... Mais le terrible piège, n'était-il pas de vouloir traverser la mer ?...

Apparaît le spectre du roi Darius qui accuse l'audace de son fils, son erreur d'avoir voulu régner sur les mers alors que l'Empire perse devrait se contenter des terres. Xerxès, à ses yeux, a été victime de la fougue de la jeunesse ! Trop d'audace est un défaut !

Le messager annonce cependant que Xerxès est arrivé à s'enfuir sain et sauf et qu'il devrait revenir. Il revient et tout ce qui lui reste à faire c'est de verser des larmes et pousser des cris déchirants sur la perte de ses meilleurs soldats, ses meilleurs chefs et de craindre pour son empire soudain dépourvu d'hommes pour le défendre.

Voilà un bien terrible sort...

III. LE CONTEXTE

Cette pièce a été écrite en 472 av. J.-C. soit huit ans après la victoire de Salamine par l'armée grecque. À ce moment, et après deux victoires contre les Perses, la Grèce se sent libérée du danger qu'ils représentent. Cette bataille était d'autant plus essentielle qu'il s'agissait pour la Grèce de conserver sa maîtrise des mers. Celle-ci était vitale pour son commerce et pour sa survie. N'oublions pas non plus que nous sommes tout proche de la période la plus faste de l'histoire d'Athènes, celle qui sera appelée « le siècle de Périclès » et verra se développer la suprématie athénienne, le développement de son régime démocratique et s'épanouir les plus grands artistes. Il est intéressant de savoir comment les Grecs ont gagné cette bataille alors qu'ils étaient bien moins nombreux. Tout simplement, ils ont attiré la flotte de Xerxès dans une énorme baie n'ayant pas d'autre issue que le chemin pris pour entrer. Puis, ils sont entrés à leur tour, mais toute la flotte perse était dans l'incapacité de manœuvrer.

IV. ANALYSE THÉMATIQUE

L'idée force d'Eschyle est de faire passer un message : en s'aventurant dans la mer Égée avec ses troupes, Xerxès fait une énorme erreur ! Cette mer est un "domaine grec" !... Et il en sera sévèrement puni. À bon entendeur, salut !... Chez Eschyle les dieux jouent un rôle important et c'est un dieu qui a poussé Xerxès et le chœur des notables de dire "Até égare l'homme en ses panneaux, et nul mortel ne peut ensuite s'en évader d'un saut et fuir." On ne lutte pas contre les dieux ou on perd. Et voici une pensée de la mère de Xerxès, craignant pour l'empire opulent créé par son mari Darios (Elle sonne comme un avertissement pour tout politique ou toute société) :... le plus grand amas de trésors, si nul homme ne le défend, n'obtient pas un respect égal à ce qu'il vaut, tout comme un homme sans trésor ne saurait briller de l'éclat que lui vaudrait sa force. » Dans l'esprit d'Eschyle, il y a aussi une grande différence entre les deux armées : chez les Grecs, "ils ne sont ni esclaves ni sujets de personne" cela est étonnant pour les Perses, mais là se trouve aussi, pour Eschyle, une des raisons de la volonté au combat des Grecs. Ils luttent pour leur femme, leurs enfants et leurs maisons ! Xerxès utilise un moyen bien différent : si un seul Grec échappe à la mort et arrive à quitter le champ de bataille, ses soldats auront la tête tranchée... Le danger pour les Perses est maintenant que les peuples soumis refusent de leur obéir et de leur payer le tribut. Et c'est Darios qui prononcera les paroles définitives : "...des monceaux de morts, en un muet langage, jusqu'à la troisième génération, diront aux regards des hommes que nul mortel ne doit nourrir de pensées au-dessus de sa condition mortelle. La démesure en mûrissant produit l'épi de l'erreur, et la moisson qu'on en lève n'est faite que de larmes."

Là nous retrouvons une pensée maîtresse de la civilisation grecque. À chaque fois que l'homme a essayé de se hisser audessus da sa condition, il a été puni.

V. LE STYLE

C'est Eschyle qui a introduit dans le théâtre grec le fait d'avoir plusieurs personnages, le chœur ainsi que les costumes et les masques. L'auteur est un poète avant tout et le ton est évidemment celui de la tragédie.

L'histoire racontée est toujours connue de tous. Ce n'est pas elle qui compte, mais bien les messages que l'auteur fait passer. Le style est là pour mettre ces messages en exergue et pour garder l'attention du public. Tout est dans l'expression.

Dans la même collection en numérique

Les Misérables
Le messager d'Athènes
Candide
L'Etranger
Rhinocéros
Antigone
Le père Goriot
La Peste
Balzac et la petite tailleuse chinoise
Le Roi Arthur
L'Avare
Pierre et Jean
L'Homme qui a séduit le soleil
Alcools
L'Affaire Caïus
La gloire de mon père
L'Ordinatueur
Le médecin malgré lui
La rivière à l'envers - Tomek
Le Journal d'Anne Frank
Le monde perdu
Le royaume de Kensuké
Un Sac De Billes
Baby-sitter blues
Le fantôme de maître Guillemin
Trois contes
Kamo, l'agence Babel
Le Garçon en pyjama rayé
Les Contemplations

Escadrille 80

Inconnu à cette adresse

La controverse de Valladolid

Les Vilains petits canards

Une partie de campagne

Cahier d'un retour au pays natal

Dora Bruder

L'Enfant et la rivière

Moderato Cantabile

Alice au pays des merveilles

Le faucon déniché

Une vie

Chronique des Indiens Guayaki

Je voudrais que quelqu'un m'attende quelque part

La nuit de Valognes

Œdipe

Disparition Programmée

Education européenne

L'auberge rouge

L'Illiade

Le voyage de Monsieur Perrichon

Lucrèce Borgia

Paul et Virginie

Ursule Mirouët

Discours sur les fondements de l'inégalité

L'adversaire

La petite Fadette

La prochaine fois

Le blé en herbe

Le Mystère de la Chambre Jaune

Les Hauts des Hurlevent

Les perses

Mondo et autres histoires

Vingt mille lieues sous les mers

99 francs

Arria Marcella

Chante Luna

Emile, ou de l'éducation
Histoires extraordinaires
L'homme invisible
La bibliothécaire
La cicatrice
La croix des pauvres
La fille du capitaine
Le Crime de l'Orient-Express
Le Faucon malté
Le hussard sur le toit
Le Livre dont vous êtes la victime
Les cinq écus de Bretagne
No pasarán, le jeu
Quand j'avais cinq ans je m'ai tué
Si tu veux être mon amie
Tristan et Iseult
Une bouteille dans la mer de Gaza
Cent ans de solitude
Contes à l'envers
Contes et nouvelles en vers
Dalva
Jean de Florette
L'homme qui voulait être heureux
L'île mystérieuse
La Dame aux camélias
La petite sirène
La planète des singes
La Religieuse

À propos de la collection

La série FichesdeLecture.com offre des contenus éducatifs aux étudiants et aux professeurs tels que : des résumés, des analyses littéraires, des questionnaires et des commentaires sur la littérature moderne et classique. Nos documents sont prévus comme des compléments à la lecture des oeuvres originales et aide les étudiants à comprendre la littérature.

Fondé en 2001, notre site FichesdeLectures.com s'est développé très rapidement et propose désormais plus de 2500 documents directement téléchargeables en ligne, devenant ainsi le premier site d'analyses littéraires en ligne de langue française.

FichesdeLecture est partenaire du Ministère de l'Education du Luxembourg depuis 2009.

Plus d'informations sur www.fichesdelecture.com

ISBN: 978-2-511-02991-6

Notes :

www.ingramcontent.com/pod-product-compliance
Lightning Source LLC
LaVergne TN
LVHW050851200726
843508LV00013B/3028